자물쇠가 철컥 열리는 순간

창 비
청소년
시 선

03

자물쇠가
철컥
열리는
순간

조재도 시집

창빌

차
례

제2부 ●

춤추는
초코파이

제4부

어른이
되면

제1부

너한테만
말할게

엄마

초딩 땐
엄마가 없으면 불안했는데
중딩이 된 후
엄마가 옆에
있으면 불안하다

사춘기

나를 보고 이제 청소년이라고 한다
나는 청소년이란 말보다
사춘기란 말이 더 친숙하다

이제 코 밑이 거뭇해지겠지
목소리도 꽐꽐대고
키도 훌쩍 크겠지

키 안 크면 어쩌지
살만 찌면 어쩌지
공부 못하면 어쩌지
고민이 늘어 간다

그렇지만 인생의 새 출발
나만의 빛깔과 향기를 지닌
꽃이 되고 싶다

따라쟁이

내 동생은 따라쟁이
내 뒤를 쫄랑쫄랑 따라다닌다
따라다니며 내가 하는 말을
똑같이 따라 한다

얄미워
동생 가슴을 팍 밀쳤다
동생도 똑같이
나를 확 밀쳤다

너 이따 죽어, 했더니
너 이따 죽어, 동생도 따라 했다

나는 확 열 받아
내 방에 들어갔다

쾅 쾅 쾅 쾅 문을 두드려도
열어 주지 않았다

한참 후 조용해서
나가 보니
소파에서 동생이 자고 있다

걱정

나는 걱정이 많다
너무 많아서 이상할 정도다
창문을 바라보면서도 걱정
버스 타고 가면서도 걱정
집에서 멍하니 있으면서도 걱정
어느 땐 내가 걱정이 너무 많은 것 같아서
그게 또 걱정이다

어떤 꿈을 가져야 할지
커서 어떤 직장을 잡을지
직업이 없지는 않을지 걱정이다

엄마는 나에게 가끔
"너는 커서 도대체 뭐가 될 거니?"라고 한다
그때마다 무거운 내 마음이 쿵 내려앉는다
이것저것 여러 가지 해 보고 싶은데
엄마는 무조건 공부나 잘하라고 꾸짖기 바쁘다

걱정이 들면
마음이 푹 꺼지는 것 같다
난 정말 무엇을 하고 싶은 걸까?

우리 학교

야외 수업 시간에
우리 학교를 관찰했다
불어오는 바람에 봄 냄새가 났다
나뭇잎이 돋으니
운동장이 푸른 바다 같다
어떤 나무에는 새집도 있다
울타리 밑에 쑥도 자란다
애기똥풀을 꺾으니 노란 즙이 나왔다
사슴벌레도 보았다
땅속을 파 보니 개미 유충도 있다
플라타너스에 하늘소도 있다
우리 학교엔 없는 게 없다
상추도 있다
선생님이 가꾼
무공해 상추

큰 나무

어떤 말을 하고 나면
내가 어른스러워진 것 같다

어떤 생각을 하고 나면
내가 어른스러워진 것 같다

어떤 행동을 하고 나면
그때의 내 모습은

어른스러움!

그런 날은
내 키가 부쩍 커진 것 같다
어깨가 와짝
넓어진 것 같다
마음이 흐뭇함으로 가득 차고
그늘이 넓은 큰 나무가 된 것 같다

짝사랑

내 마음속에 들어 있는 너
하루 종일 네 생각만 하는데
너는 그것도 모르나 봐
아무렇지 않은 듯 나한테 장난만 친다

네 곁에만 가면 얼굴 빨개지는 나
나는 너를 사랑하는데
너는 아무렇지도 않게
다른 여자한테 잘해 준다

그러면 나는 질투가 나지
내 마음은 요동치지
집에 와 괜한 일로 짜증을 내고
곰돌이 인형에게 화풀이하고

내 마음을 어떻게 말할까
왜 너는 내 마음을 모르는 걸까
내 마음속에 턱 걸터앉은 너

바보처럼 아무렇지 않게 장난만 치는 너

말하기 어려운 말

말로도 못 하겠고
쪽지로도 못 하겠고
문자도 못 하겠고
카톡도 못 하겠고
친구에게 부탁할까?
아, 어쩌지?
수화라도 배워
그 애에게 말해 볼까

이렇게

외톨이

미연이는 외톨이
아무도 말 걸지 않는다
교실에서도
체육 시간에도
하루 종일 혼자 있는다
혼자인데도 안 무서운가
난 혼자면 두려운데
혼자인데도 상처가 없을까
난 상처받기 싫은데
혼자는 존재감 제로
투명 인간
난 잊혀지는 게 싫은데
난 잊혀지는 게 싫은데
언제나 혼자 있는 외톨이
너 안 심심해? 내가 물어도
씩 웃기만 한다

울고 싶어요

엄마가 아프거나 힘들다고 하실 때

친구들과 멀어졌을 때

시험을 진짜 못 봤을 때

선생님께 혼났을 때

억울한 일을 당했을 때

좋아한다고 말 못 할 때

아빠가 보고 싶을 때

힘들고 짜증 날 때

아플 때

빨리 고등학교 졸업해

돈이나 벌라고 할 때

그건 비밀

안 돼, 그건 비밀
아무한테도 말할 수 없어
일기장에도 안 썼어
낙서도 안 했어
내 마음의 네모
비밀번호에 꽉 잠긴 네모
그 안에만 있어

생각만 해도 가슴 한켠이 시리고
눈물 핑 도는 비밀

떠올리기만 해도 흐뭇한
그날의 달콤한 비밀

안 돼, 그건 비밀
누구에게도 말할 수 없어
그러나 너한테만 말할게
너만 알고 있어야 해

내 마음을 열어
네 마음에 닿고 싶어
너한테만 말할게
너만 알고 있어야 해

너를 보면 말하고 싶어
입가에 맴도는 비밀
지저귀는 새의 심장으로
두근거리는 비밀

안 돼, 그건 비밀
아무한테도 말할 수 없어
너한테만 말할게
너만 알고 있어야 해

연

겨울 방학
방과후학교 마지막 날
연날리기했어요

바람 씽씽 부는데
방패연 가오리연
하늘 높이 날아오른 연

연줄이 팽팽히 당겨짐을
손끝에 느꼈어요

연을 날린 건 나지만
하늘의 연이 나를 당기는 것 같았어요
보기만 하는 사람은
손끝의 팽팽함을 못 느낄 거예요

연은 꿈
우리들의 목표

언젠가 이루어야 할 우리들의 꿈
그 꿈이 우리를 끌어당겨요

행복할 때

맛있는 것 먹을 때

용돈 받을 때

내가 착하다고 느껴질 때

사람들과 즐겁게 어울릴 때

남을 도와줄 때

칭찬받을 때

주위 사람들이 행복할 때

친구와 놀러 갈 때

잠잘 때

공부가 잘될 때

저녁에 엄마와 전화할 때

아무 생각 없이 텔레비전 볼 때

남자 친구를 볼 때

놀 시간이 생겼을 때

커튼

썰렁하던 교실에
커튼을 치자
아늑해졌다
나도 내 마음에
커튼을 치고 싶다

수줍음

사랑하는 사람이 생기면
수줍음이 늘어난다

눈을 마주치지도 못하고
얼굴이 발개지고
말도 더듬더듬
평소 안 하던 행동까지

남자는 여자를 보고 수줍음을 탄다
여자는 남자를 보고 부끄러워한다

처음 보는 사람 앞에서도
여러 사람 앞에서도
나를 곤란하게 하는 수줍음

하지만 나는 이 수줍음이 싫지는 않다
수줍음도 그 사람의 매력
돌아와 생각하면 기쁠 때도 있다

제2부

춤추는
초코파이

선생님도 웃었다

우리 반 종철이
너무 떠들어
선생님이 다가가 주의 주려 하자
"선생님, 선생님.
이거 한 번 맞혀 보세요."

"세상에서 제일 더운 전쟁은?"
──몰라.
"더-워(war), ㅋㅋ."

"세상에서 제일 추운 전쟁은?"
──추-워.
"크크크, 맞았어요."

──너 이리 와.
"잠깐, 잠깐만요. 그럼 세상에서 제일 멋있는 총은?"
──뭐? 멋있는 총? 음, 그건 모르겠는데.
"장동-건(gun)."

—뭐? 장동건?

하하하, 키키키

선생님도 그만 웃어 버렸다

성운이 시

별명이 우리 반 시인인 성운이가
국어 시간에 시를 써서 돌렸다
읽는 아이들마다
큭큭큭 웃음을 참지 못한다

"이번에도 망쳤네
애통한 내 마음
엄마한테 혼나겠네
친구들 볼 면목 없네
이 점수를 어찌할꼬

애통한 내 마음
이번에도 21등
중간이랑 똑같네
이 등수를 어찌할꼬
아놔 시밤바"

시 끝에 적힌

읽은 후 평가해 주세요, 라는 말에
저마다 아이들이 한마디씩 썼다
"그러게 평소 공부 좀 열심히 하삼
잘 썼다 A⁺, …… "

나는 맨 끝의 "아놔 시밤바"가 마음에 안 들어
B⁺ 주었다

신나영

나영이는
코가 움푹 가라앉아 없다
콧구멍만 있다
손가락 마디도 하나밖에 없다

쉬는 시간에도 나영이는
자기 가방을 메고 다닌다
우산이나 학습 준비물도
늘 갖고 다닌다

남자애들이 발로 차기 때문이다
남자애들이 숨겨 놓고 안 주기 때문이다

수업 끝나면 나영이는
선생님 따라 얼른 화장실에 가 숨는다
여자 화장실에 숨었다가 시작종 나면
선생님 따라 교실로 들어온다
쉬는 시간 아이들이 괴롭히기 때문이다

선생님도 처음엔 주의 주었지만
지금은 지쳤는지 아무 말씀 안 하신다

"안녕?" 인사하면
"아-앙-눙" 인사하는 나영이
오늘도 가방 메고 준비물 들고
뒤뚱뒤뚱 걸어서 학교에 온다

춤추는 초코파이 1

예전에 춤추는 초코파이가 있었대요
근데 이게 희귀해서
어떤 남자가 엄청난 돈을 주고 사 갔대요
집에 와 보니 이 초코파이가
한 가지 춤만 추더래요
주인이 지겨워 그만 추라고 했는데
초코파이는 멈출 수 없어 계속 춤을 추었대요
주인 말을 안 들은 죄로 초코파이는
강에 버려졌대요

   *

3년 후 어느 날
그 남자가 여자 친구와
낚시를 갔대요
둘이 열심히 낚시하는데
낚시에 뭔가가 걸렸대요
그때까지 춤추는 초코파이가

이렇게 춤을 추고 있었대요

춤추는 초코파이 2

기성이 별명은 춤추는 초코파이
잠시도 가만 안 있고 몸을 흔든다
수업 시간에도 발장단 맞추고
계단 내려갈 때도 춤을 춘다

봉선이 별명은 노래하는 초코파이
잠시도 가만 안 있고 노래를 한다
트로트에서 최신 가요까지
수업 시간에도 콧노래 흥얼흥얼거린다

기성이 봉선이는 우리 반 명물
학교 축제 장기 자랑 때도
최우수상 우수상 거머쥔다

춤추는 초코파이처럼
그 애들 끼는 아무도 못 말린다
봉선이는 커서 가수가 되고 싶고
기성이는 백댄서가 꿈이라 한다

만우절

선생님, 오늘 수업 4교시까지만 한대요
급식도 안 나오고 집에 간대요

선생님, 지금 빨리 교무실로 오시래요
열 시까지 교육청 출장이래요

그러다 들키면 빙긋빙긋
꿀밤이라도 한 대 먹이면
"왜요?" "왜요?"

우린 진짜 4교시까지만 수업하고 싶걸랑요
우린 진짜 선생님이 출장 가셨으면 싶걸랑요

꿈

유진이 꿈은 간호사
유치원 선생님도 하고 싶다

준규 꿈은 권투 선수
돈을 못 벌 것 같아 고민이다

창식이 꿈은 사이버 경찰
컴퓨터 자격증도 벌써 따 났다

혜리 꿈은 사육사
동물 똥이나 치운다고 부모님이 반대하신다

혜림이 꿈은 평범한 삶
스무 살 되어 회사에 들어가
누군가와 결혼하여 아기를 낳고
부모님께 효도하다
죽는 게 꿈이다

종소리

꾸벅꾸벅 졸음이 쏟아진다
선생님 자장가 소리에
자꾸만 밑으로 떨어지는 내 머리

언제 종이 울릴까
교실은 깊은 바닷속처럼
조용하기만 하다

그러다 딩동!
딩동!
환희를 몰고 오는
종소리
언제 졸음이 왔었냐는 듯
나도 모르게 벌떡
일어선다

눈이 와짝 떠진다

시험 전날

시험 날까지 하루 남았다고
핸드폰 깜박깜박
119 구급차처럼
앵, 애앵
내 마음 죄어 오는 시험

나도 모르게 손에 땀이 나고
밥맛도 없어지고
몸에 힘도 쭉 빠져

시험 잘 보면 칭찬
못 보면
그날로 사망

시험 하루 전
핸드폰 깜박깜박
알람은 째각째각
가슴은 두근두근

잠도 오지 않는
시험 하루 전날

빼빼로 데이

11월 11일은 빼빼로 데이
우리 반 반장이 빼빼로를 돌렸다

종잇갑째 흔들면
달각달각 소리 나는 빼빼로
비닐봉지 만져 보면
바삭대는 빼빼로

오독오독
아삭아삭
맛있는 빼빼로

어떤 애는 사물함에 넣어 두고 먹고
어떤 애는 가방에 숨겨 두고 먹고

선생님이 오면 얼른 감추고
다른 애가 달라면 부러진 것 주고

빼빼로 누가 만들었나
진짜 궁금해

소주 맛

밤에
동네 초등학교 운동장에서
친구들과 어울려 소주 마셨다

종이팩 소주를
입에 대고 컬컬컬
쏟아부었다

입안이 화끈대고
목구멍이 쓰리고
배 속에 불이 붙어
눈알이 튀어나올 것 같다

밤하늘 별이 빙글빙글 돈다
낙지같이 흐물흐물
얼굴은 화끈화끈
혀도 잘 안 돌아간다

이 맛없는 소주를
어른들은 왜 마실까
난 죽을 때까지
소주 절대 안 마신다

텅 빈 운동장

수업 끝나면
학원 차가 교문 앞에 줄지어 서 있다

잘 가
안녕, 내일 봐
인사하며 아이들이
차에 오른다

긴긴 해
꼴딱
넘어갈 때까지
학교 운동장은 텅 비었다

축구 골대가 외롭다
철봉 그림자가 외롭다

NO

아니요!
이 한마디를 못 해서
하루 종일 께름칙
일주일 내내 불안 불안

상대방이 화낼까 봐 무서워서
나를 어떻게 생각할까
두렵고 궁금해서
실망할까 봐
무안해할까 봐……

노!
아니, 싫어, 라고 말해야 할 때
그 말을 분명히 하지 못해서

하루 종일 불안 불안
일주일 내내 께름칙

친구

가족이 아닌 친구
친구란 무엇일까
사춘기가 되어
엄마 아빠 가족보다
더 소중해지는 친구

고민이 있으면 친구에게 말한다
시간 나면 친구에게 가 같이 논다
나의 분신 나의 베프인 친구

그런 친구도
착하고 좋은 친구를 만나면
나도 착하고 좋게 변하고
안 좋은 친구를 만나면
나도 같이 나빠진다

가까이 있으면 좋지만
멀리 있어도 친구는 친구다

나와 친구 사이 싹트는 우정 그리움
사랑만큼 소중한 인생의 가치이다

곰 인형

우리가 떠들거나
상담할 때
방진희 선생님은 곰 인형을 주신다

아파트 쓰레기 분리수거장에서 주워
깨끗이 빨았다는 엄청 큰 곰 인형

하얀 털에
까만 눈
까만 코
두 팔 벌려 안기에도 벅찬 곰 인형

떠들던 아이도
곰 인형을 안으면 조용해진다

화가 난 아이도
곰 인형을 안으면 부드러워진다

곰 인형은 엄마
엄마의 품

곰 인형에 파묻혀
자는 애도 있다

실화

한 아이가 뚜벅뚜벅 교무실에 걸어 들어왔다
모두의 눈이 그 아이에게 쏠렸다
담임 선생님 앞으로 간 아이가 말했다
선생님, 저희들을 사랑하십니까?
어? 어, 어…… 그럼 사랑하지
그런데 왜 아이들을 때리십니까?
뭐? ……
사랑하시면 아이들을 때리지 마세요
할 말을 마친 아이가 꾸벅 인사하고
뚜벅뚜벅 걸어서 교무실을 나갔다

제3부
자물쇠가
철컥
열리는 순간

새로운 일

알람이 울었다 일어나자
오늘도 몸은 천근만근
세수 후다닥
학교 가자 학원 가자 집에 가자
매일매일 반복되는 하루

하지만 나는 믿고 싶다
무언가 새로운 일이 나에게도 일어나리란 것을
나에게도 분명
새롭고 좋은 일이 일어나리란 것을

그런 믿음 없다면
어둠 속 빛나는 별이 없다면

내 생활은 너무 지루해
너무 한심해
정말정말 왕짜증 나

학교 가자 학원 가자 집에 가자
매일매일 반복되는 일상
지겨운 하루

앞날

가만 생각해 보면
앞날은 까마득한 계곡

그 앞날을 잘 헤쳐 나갈 수 있을까

망설임과 두려움에
늘 머뭇거리지만

어른들은
요즘처럼 살기 힘든 때가 없다고 하지만

믿을 것은 나 자신뿐!
용기를 내어
한 발 한 발 앞만 보고 헤쳐 나가야지
눈앞의 길만 보고 가야지

그러다 보면 어느 날
다다른 계곡의 끝에서

내가 걸어온 까마득한 길을
볼 수 있겠지

개구리눈

주전자 뚜껑에
공기구멍
볼록 튀어나와
내가 개구리눈이라고 이름 붙인
공기구멍

부글부글 물이 끓을 때
허연 김이 쉭쉭 뿜어져 나올 때
주전자 뚜껑 들썩들썩
성난 황소처럼 씩씩거릴 때

우리들 마음에도
개구리눈 같은 구멍 하나 있었으면 좋겠다
친구와 싸워 말도 안 할 때
아이들이 놀려 열 팍팍 받을 때
압력 밥솥처럼 부글부글 끓어
마음이 터지기 일보 직전일 때

주전자 뚜껑에 난 공기구멍처럼
쉭쉭 김 빠지는 구멍이 있었으면 좋겠다
꽉 닫힌 마음에
열린 구멍 하나쯤 있었으면 좋겠다

잔소리 정말 싫어

하루라도
잔소리 없는 날이 있을까

공부해라, 숙제해라
컴퓨터 좀 그만해, 책 좀 읽어라
넌 어째 그러니
넌 그것도 못 하니

기운 쪽 빼는 소리
열 받아 머리 돌게 하는 소리

엄마의 잔소리
아빠의 잔소리
선생님 잔소리
잔소리 잔소리

전화로 문자로
잠시도 나를 내버려 두지 않는

잔소리
나를 갉아먹고
나를 깎아 대는 잔소리

잔소리 정말 싫어!

하루빨리 어른이 되고 싶다
하루빨리 잔소리에서 벗어나고 싶다

얼마나 더 커야
잔소리에서 해방될까

향나무

향나무는 늘 그 자리에 서 있다
가지마다 둥글게 부풀어 오른
초록빛 잎을 이고서
우뚝 서 있다

밑에서 보던 향나무를
오늘은 이 층 교실에서 내려다본다
향나무 머리에
휴지 뭉치, 종이비행기, 칠판지우개가
버려져 있다

아무 말 없이
늘 그 자리를 지키고 있는 향나무
비듬 많은 사람처럼
머리가 근질근질 가려울 텐데
어떻게 꿈쩍 않고 한자리에만 있을까

나 같으면 잠시도 가만 못 있을 텐데

밥 먹을 때도 발 떤다고
아빠한테 혼나는데
말없이 한자리를 지키고 있는 향나무

자물쇠가 철컥 열리는 순간

나에게도
자물쇠가 철컥 열리는 순간 같은
그런 때가 있어요
그러니 기다려 주세요

처음 자전거를 배울 때
수십 번 넘어지고 일어나 다시 타도
또 넘어질 때
그러다 어느 순간
나도 모르게 두 바퀴로 세상을 씽씽 달릴 때처럼
자물쇠가 철컥 열리는 순간이
있답니다

수영을 배울 때도
공부할 때도
바이올린을 켜거나
탁구를 칠 때도

아무리 아등바등해도 넘지 못하던 벽을
어느 순간 훌쩍 뛰어넘는
그런 때가 있답니다

그러니 기다려 주세요
너무 재촉하지 말아 주세요
가을에 심은 나무는
봄이 되어야 꽃 피울 수 있잖아요

우울한 날

오늘 같은 날이 있다
아무 이유 없이 그냥 우울한 날
아무 이유 없이 눈물 나는 날

나는 하늘을 본다
시원한 바람이 눈물을 말려 준다

이렇게 나 자신을
우울 속에 가두면
나에게 돌아오는 것이 없다

나는 주위 사람에게 나의 상황을 말한다
"내 고민 좀 들어 줘."
이 짧은 한마디가 나를 바꾼다

내 고민을 말하다 보면
나보다 힘든
나보다 아픈 사람이 많다는 것을 느낀다

나도 우울하지만
그들도 우울하다

ADHD

동찬이 별명은 에이디
ADHD의 약자다
수업 시간에 앞뒤 사람과 떠든다
과자를 먹는다
지 맘대로 돌아다닌다
욕을 한다
쉬는 시간에도 가만 안 있는다
복도에서 뛴다
애들이랑 떠든다
다른 반에 가서 욕하고 돌아다닌다
준비물도 안 가져오고
수업 시간에도 맨날 늦는다
공책도 없고
책도 없고
종이를 찢어 던지고
지우개 던지고
껌 씹고
돌아다니다 다른 애 옆에 앉고

그러다 걸리면 선생님한테 대든다
조용해서 보면
잔다
교실 바닥에 침 뱉고
아무렇게나 쓰레기를 버린다
청소 안 하고 도망가고
종례 안 하고 집에 가고
거짓말하고
야자 때 소화기 갖고 놀다 혼나고
그날 동찬이는
78번 혼났다

에공, 이젠 지겹다

공부해라 공부해라 또 공부해라
부모님은 날마다 공부 노래 하시고
공부해라 공부해라 또 공부해라
선생님도 날마다 공부 노래 하시고

열공하자 열공하자 또 열공하자
나도 마음속으로 다짐을 하고
좋은 학교 좋은 직장 들어가기 위해
열공하자 열공하자 또 열공하자

열공에 빠진 아이들
열공 안 하면 평생
낙오자 될 거라는 무서운 말
부모님의 말
선생님의 말
에공, 이젠 지겹다

욕

눈만 뜨면 입에 달고 사는 욕
입만 벌리면 쏟아져 나오는 욕
뭘 해도 욕
뭘 안 해도 욕
욕을 안 하면 밀리는 느낌
욕을 해야 시원해지는 느낌
나는 항상 욕만 먹으며 자랐다
친구들에게 먹는 욕
개만도 못한 놈
엄마 아빠에게 먹는 욕
심지어 동생까지
그럴 때 나는 죽고 싶다
개만도 못하니
개집에 기어들고 싶다

힘 대결

동물이나 사람이나
힘 대결 한다

우리는 맞짱이라는 걸로
힘 대결 해 서열을 정한다
힘센 아이
덩치 큰 아이가
1짱 2짱이 된다

패거리 지어 싸우기도 한다
욕해서 뭉개기도 한다
게임이나 공부를 잘하면
서열이 높아진다

동물은 먹이와 생존을 위해
서열을 정하는데
사람은 왜 힘 대결 할까
지능도 있고 언어도 있고 양심도 있는데

왜 자구 힘 대결 할까

나의 이상형

나의 이상형은 키가 커야 한다
덩치도 커야 한다
자상하고 여자를 잘 배려해 주고 집안일도 도와주고
얼굴도 잘생겨야 한다
목소리도 좋아야 하고
애교도 있어야 한다
노래도 잘 부르고
글씨는 못 써도 되고
감동을 많이 줘야 하고
여자에게 힘든 일 안 시키고
공부는 못해도 좋고
잘해도 좋다
흰 티에 청바지만 입어도 간지 나고
웃을 때 눈이 없어져야 하고
개그가 있고
보조개가 있으면 더 좋다
내가 아프면 바로 집에 와 약 사 주고
힘든 일엔 같이 힘들어하고

행복할 땐 같이 행복해하고
자다 일어나 노래 불러 달라고 하면
바로 노래 불러 주고
삐치면 바로 애교 부리면서
풀어 줘야 한다
춤도 잘 춰야 하고
모자 써도 멋있고
운전 잘해야 하고 근육 있어야 하고
전화 꼬박꼬박 받고
나를 위해서라면 모든 것을 다 할 수 있는
히히, 그런 남자여야 하는데
아무튼 그런 남자여야 한다

왜?

내 마음속엔 "왜?"라는 질문이 많다
비 오는 날 호수에 떨어지는
빗방울 수만큼이나

왜 살까
왜 좋아할까
왜 마음이 변할까
왜 가난할까

왜 놀면 안 될까
죽으면 어떻게 될까
왜 시험이 있을까
왜 누구는 잘생겼는데
누구는 못생겼을까

왜 그럴까
왜?

무수히 스쳐 가는 많은 의문들
그럴 때마다 멍때리고 있는 나
어떻게 이런 생각을 할 수 있을까
우리 인간이란 종은
왜 생겼을까

그냥 웃는다

난 슬픈 영화를 봐도 안 운다
난 넘어져 다쳐도 안 운다
난 아파서 누워 있어도 안 운다
난 단순하다
화가 나서 삐쳐도 하루 정도면 다 풀린다
그럼 언제 가장 슬픈데?
난 엄마랑 아빠가 싸우는 걸 보면 슬프다
친구들이 내 곁을 떠날 때도 슬프다
그땐 정말 슬프다
그렇지만 나는 아무렇지 않은 척
그냥 웃는다

제4부

어른이
되면

꽃밭

꽃밭에는
붉은 꽃, 노란 꽃, 알록달록 파란 꽃
개성 있는 꽃들

하지만 꽃밭 주인은
꽃들이 장미처럼 붉지 않다고
장미처럼 예쁘지 않다고
꽃들을 전부 붉게 칠했다

그 후 꽃밭에는
벌 나비가 사라졌다
페인트 냄새만 났다

가을 햇볕

가을 햇볕 거저 놀리기 아깝다고
할머니가 마당에 신문지 펴고
고추도 말리고
호박도 말립니다

가을 햇볕 거저 놀리기 아깝다고
할머니가 마당 구석에 달력 종이 깔고
무도 말리고
고구마 순도 말립니다

벌 1

집 뒤 산에
아카시아 꽃이 활짝 피었어요
매캐한 매연 속
시끄러운 소음 속
활짝 피었어요

향긋한 꽃향기가
아침 바람에 물씬 풍겨요

아카시아 꽃을 보러 갔어요
하얀 귀고리 같은
꽃이 다닥다닥 열렸어요

꽃은 많은데
향기도 고운데
벌은 없었어요
그날 산에서
딱 두 마리 보았어요

벌 2

아인슈타인이 말했대요
벌이 사라지면 지구에 대재앙이 온다고

텔레비전에서 보았어요
벌이 갈수록 사라지는데
아무래도 전자파 때문인 것 같다고

전자파가
벌의 신경계를 어지럽혀
날아갔다 집으로 돌아오지 못한다고

늘어만 가는 핸드폰
줄어드는 벌
늘어만 가는 전자파
사라지는 벌

뻐꾸기

우리 동네
뒷산에서
뻐꾸기가 운다

자동차 매연 매캐한
아카시아 숲에서
뻐꾸기가 운다

봄이 왔다, 뻐꾹!
목 아프다, 뻐꾹!

나 같으면 짜증 나
안 울 텐데

들국화

산에 다녀오신 할머니가
늙으면 하루빨리 죽어야 한다며
화를 내십니다

왜 그래요, 할머니?
내가 물으니
산에 들국화가
하나도 없다고 그러십니다

왜 없어요?
다시 물으니
아랫마을 아파트 사는 노인들이
들국화 전부 따다 말려서 판다고

그까짓 돈 몇 푼이나 된다고
그걸 따다 파느냐고
화내십니다

할머니 약

저녁 먹고 난 후
할머니께서 아프시다
어디가 아프냐 해도
아무 말 않고 끙끙 앓으신다

할머니 약은 단순하다
사리돈
머리가 아파도 사리돈
이가 아파도 사리돈

아, 또 있다
물파스
무릎이 아파도 물파스
옆구리가 결려도 물파스

사리돈도 쪼개어
반만 드신다
물파스도 몇 번 문지르고 얼른 뚜껑을 닫는다

할머니 같은 사람만 있다면
우리나라 약국 다 망한다

겨울 텃밭

봄엔
상추 아욱 쑥갓 풀
쑥쑥 올라오더니
콩새 박새 참새 멧새
날아들더니

여름엔
장맛비에 방울토마토
갈라 터지더니

이슬처럼 쏟아지는
풀벌레 소리

겨울 텃밭
입 꾸욱 다물었다
봄이 오면 한꺼번에 터져 나올
풀씨 머금고
어금니 시리도록

입 꾸욱 다물었다

큰일 났어요

밭 주인이라는 사람이
씨를 뿌리고
거름을 주고
풀을 뽑고
수확을 하지만

논임자라는 사람이
모를 심고
비료를 주고
풀약을 치고
수확을 하지만

가만, 가만히 보면

기르는 건 햇빛
기르는 건 물
기르는 건 바람
기르는 건 공기

어느 날 '자연'이 사람들에게
그동안 길러 준 값 다 내놓으라고 전화했어요
밭에서 나는 배추와 콩
논에서 자란 벼
산에서 크는 나무와 나물
바다에서 나온 미역과 홍합
자연이 다 공짜로 길러 주었는데
왜 사람들만 팔아서 돈을 갖느냐고

지금 당장 내놓지 않으면
이제부터
햇빛도
물도
바람도
공기도
단전하듯 단수하듯 안 보내 주겠다고
지금 당장 내놓으라고 독촉 전화 했어요

97

가뭄

너무 슬프거나
고생을 많이 하면
울고 싶어도
눈물이 안 나온대요

너무 괴롭거나
힘이 없으면
울고 싶어도
눈물이 안 나온대요

지구도
사람 같아서일까?

울고 싶은데
눈물이 안 나오는 걸까?

계속되는
겨울 가뭄

먹는 물도 부족해
아우성치는 사람들

지구의 눈물이
말라 버렸나 봐

토끼는 무지개다리를 건너고 있었다

토끼는 무지개다리를 건너고 있었다

하늘나라 무지개다리를 건너
언젠가 다시 이 세상에 태어난다면
따뜻한 봄 햇살 아래 태어나고 싶었다
──두 눈 쿡 찌르는 백열전등 밑에서가 아닌
살랑대는 봄바람 속에 태어나고 싶었다

푸른 풀잎 들판을 뛰어놀고 싶었다
아가위나무 열매도 오물오물 씹어 보고
토끼풀 이파리도 배불리 먹고 싶었다
──철사로 엮인 토끼장 속이 아닌
산언덕 비탈길을 달리고 싶었다

토끼는 무지개다리를 건너고 있었다

주인님이 백화점에서 사 온 사료가 아닌
맑은 물 싱싱한 배추 잎을 먹고 싶었다

배 터지게 먹고 졸음이 오면
바위 그늘 풀숲에 대자로 누워
다디단 낮잠도 자고 싶었다

사랑도 하고 싶었다
눈 동그랗고 귀 쫑긋한 토순이하고
참나무 둥치 아래 사랑의 굴을 파고
마음껏 뽀뽀하며 사랑하고 싶었다
──격리된 토끼장 속의 안타까움이 아닌
산과 들을 달리는 사랑이고 싶었다

토끼는 무지개다리를 건너고 있었다

숨 막히던 토끼장을 벗어나
먹을수록 살만 찌던 사료에서 벗어나
국국국 울음으로나 울던 격리된 사랑에서 벗어나

자유의 몸이 되어

감각이 살아나고
근육이 움직이고
네 발로 땅을 박차는
생명이 되어
토끼는 다시 태어나고 싶었다

백화점에서 애완용으로 사 온
죽은 토끼가
무지개다리를 건너 다시 태어나고 있었다

우리들의 미래

우리들의 미래는
불안하대요
인구가 줄어들어
사는 것이 지금하고 달라진대요

로봇이 개발되어
편리한 점도 있지만
사람 일이 그만큼 줄어든대요

직업도 많이 바뀐대요
한 사람이 평생 동안
아홉 개 이상 직업을
가져야 한대요

학교도
교과서도
선생님도
확 바뀐대요

물이 부족해
물 전쟁이 날 수도 있고
바닷물이 차올라
섬나라가 없어지고

우리나라는?
땅속에 숨겨 놓은
핵미사일은?

나는
산에 들에
바다에
착하고 행복하고
아름답게 살고 싶은데

우리들의 미래는
불안하대요

정신 바짝 안 차리면
낙오자 된대요

어른이 되면

어른들 중에는
안 좋은 사람도 많지
술버릇이 나쁘거나
성질이 안 좋거나

나는 어른이 되면
이런 사람이 되고 싶어
함께 있으면 마음이 따뜻해지고
결점까지도 그대로 받아들여
가치 있고 소중한 사람으로 느껴지게 하는 사람

사랑받고 있다는 느낌을
강하게 주는 사람

그런 어른은 큰 나무 같을 거야
한여름 뙤약볕에 지친 생명을
보듬어 편안히 쉬게 해 주는

그런 어른은 큰 바위 같을 거야
작은 풀들이 옹기종기 모여
풀꽃 나라 이루는

개구리 소리

거뭇거뭇 논에서
개구리가 웁니다

처음 한 마리가
개고르 하자

조금 있다 다른 한 마리가
개골 개고르 맞장구칩니다

한두 마리가 그렇게
개골 개골 개고르 하자

이어 몇 마리가 꽥꽥꽥

드디어 논 전체에서
개골개골깨골깨골개골개골깨골깨골

조개껍데기 부비는 소리

자갈 구르는 소리

밤하늘 별빛보다 더 반짝이는 소리

질문

먹구름 같은
마음의 응어리
확 뚫릴 때는 언제니?

스트레스 덩어리
뻥 날아갈 때는 언제니?

그런 때가
한 달에 한 번은 있니?

누군가에게
사랑해요 속삭이고 싶은
따뜻한 마음일 때는 언제니?

시를 즐길 줄 아는 것은
인생의 큰 축복

시어 터진 김치에서 나는 신맛 같은 시, 시인들이 쓴 시의 맛이 그렇다고? 그래서 급식 반찬 중에 김치는 안 먹고 골라 버리듯 시만 보면 재미없다고? 머리 아프다고? 맞아, 맞아! 세상에 시를 맛있게 먹는 아이는 별로 없어. 그리고 또 먹지 않아도 돼. 시는 아침마다 챙겨 먹어야 할 필수 비타민도 아니고, 안 입으면 맨살이 드러나는 옷도 아니니까. 그러니까 시 같은 건 안 입고 안 먹어도 돼. 누구 말대로 사는 데 문제없으니까.

그, 근데 말이야. 이렇게 한 번 생각해 볼래? 태어날 때부터 노래가 뭔지 전혀 모르는 사람이 있어. 그 사람은 노래를 한 번도 들어 보지 못했고, 노래가 뭔지 전혀 모르고 자랐어. 그러니까 자연히 기분 좋을 때 노래를 흥얼거리는 일도 없고, 슬픈 마음을 노래로 표현할 줄도 모르지. 그 사람 인생은 어떨까? 사는 데 문제는 없겠지만 좀 재미없지 않을까? 그 사람이 살면서 누릴 수 있는 것 중에 노래는 없을 테니까. 그 부분은 완전 제로, 암흑일 테니까.

'히히, 무슨 말인지 알겠어요. 그러니까 그 노래라는 게 시와 같다는 거죠? 시를 몰라도 사는 데 지장은 없지만, 그만큼 인생이 메마른다는 거죠? 풍부하지 못할 거라는 거죠?'

우와! 눈치 하나는 정말 백 단이네. 그 눈치면 절에 가서도 새우젓 꽁댕이를 얻어먹겠다. 그래, 맞아. 내 말이 그 말이야. 이 시집을 읽는 너희들에게 내가 해 주고 싶은 말은 딱 하나야. 그래, 시는 느끼는 것이지 공부하는 게 아니라는 거야. 그동안 우리는 시를 공부의 대상으로 여겨 왔어. 거기서부터 망하게 된 거야. 시가 시어 터진 김치에서 나는 신맛 같아진 거지. 교과서에 있는 시는 무슨 말인지 모르겠고, 그걸 분석해 놓은 참고서는 또 어때? 주제가 어떻고 소재가 어떻고 직유니 심상이니 역설이니, 하이고 머리 아파. 또 그걸로 시험을 봐요. 그러니 시는 골치 아프고 재미없어. 급식 때 한 젓가락도 먹지 않고 그냥 버리는 시어 터진 김치가 돼 버린 거야.

그렇지만 얘들아, 시라는 게 정말 그게 다일까? 분석하고 문제 풀고 시험 보는 게 다일까? 아니야. 그렇지 않아. 어느 가을날 집에 오는 길에 하늘 저 멀리 붉게 펼쳐져 있던 노을, 꽃들이 다투어 피어날 때 꽃향기에 이끌려 꽃잎에 얼굴을 가까이 해 보고 싶은 마음, '왜 나무들의 아기를 열매라고 하지?'와 같이 불현듯 솟구치는 질문, 좋아하는 사람 앞에서는 자기도 모르게 짓게 되는 조개 무늬 눈웃음, 그 속에 살짝 깃든 분홍빛 부끄러움. 시는 바로 이런 것 속에 숨 쉬고 있어.

노래를 전혀 모르는 사람에 비해 노래를 알고, 부르고, 즐길 줄 아는 사람의 인생은 얼마나 큰 축복이겠니. 시도 마찬가지야. 거부감 없이 한 편의 시를 읽고 깊은 위안을 얻을 수 있다면 그 사람은 인생을 풍요롭게 살 수 있는 큰 자산을 가지는 거야. 그래서 나는 너희들이 이 시집을 읽고 시와 친숙해지는 길을 찾았으면 좋겠어. 그래서 심심할 때, 울적할 때, 기분 좋을 때, 콧노래로 흥얼흥얼 노래하듯 시 한 편을 읽을 수 있으면 좋겠어.

여기 실린 시들은 어렵지 않아. 그렇다고 마냥 쉽기만 하다는 것은 아니야. 어떤 시는 우리가 평생 마음에 두고 생각해야 할 것도 있어. 생각하면 생각할수록 새로운 의미를 던져 준다는 말이지.

이 시집 속엔 크게 두 부류의 시들이 들어 있어. 우선 청소년들의 생활을 스케치하듯 쓴 시가 있어. 일상에서 보고 듣고 느끼고 생각하는 것을 너희들 눈높이와 감성에 맞게 쓰려고 한 시들이야. 그래서인지 어떤 시에는 그 시에 얽

힌 학생의 모습이 떠오르기도 해. 수업 시간이나 쉬는 시간 나에게 다가와 건네던 말과 행동. 그때를 떠올리니 어느덧 그 일이 그리워지네. 아마도 그 아이는 자기가 한 말, 자기가 그린 그림이 이렇게 시로 남았다는 사실을 꿈에도 생각 못 하고 있을 거야. 그리고 다른 하나는 그것을 바탕으로 약간의 인생의 의미를 담으려고 한 시야. 인생 선배인 내가 그동안 살면서 먼저 보고 느낀 것들을 너희들과 나누고 싶어서 쓴 것이지.

'청소년'이라는 말 속에는 여러 의미가 들어 있어. 그중에 나는 '미완'이라는 말을 참 좋아해. 완성되지 않은 상태, 완성을 지향하는 상태. 정해진 것이 없기에 불안하기도 하지만 그 자체가 하나의 매력인 거지. 완성되어 정지한 것이 아니라 나침반의 바늘처럼 미지의 세계를 향해 끊임없이 움직이는 미완. 시도 어쩌면 그런 문학일지 몰라. 시의 생명인 '새로움'은 인생으로 치자면 청소년이야. 새봄에 돋아나는 연둣빛이지.

이 시집을 읽고 너희들이 어떤 생각을 할지 벌써부터 궁금해. 설레기도 하고. 나와 너희들이 시를 통해 인연을 맺은 이상, 좋은 인연이 되었으면 해. 그럼 안녕. 좋은 시간~.

2015년 9월
조재도

창비청소년시선 03

자물쇠가 철컥 열리는 순간

초판 1쇄 발행 • 2015년 9월 18일
초판 4쇄 발행 • 2023년 1월 18일

지은이 • 조재도
펴낸이 • 강일우
책임편집 • 서영희·정편집실
펴낸곳 • (주)창비교육
등록 • 2014년 6월 20일 제2014-000183호
주소 • 04004 서울특별시 마포구 월드컵로12길 7
전화 • 1833-7247
팩스 • 영업 070-4838-4938 / 편집 02-6949-0953
홈페이지 • www.changbiedu.com
전자우편 • textbook@changbi.com

ⓒ 조재도 2015
ISBN 979-11-86367-13-1 44810